HIER IST ÜBRIGENS MEINE VISITENKARTE ...
WWW.FONFLATTER.DE
FRED FON FLATTER
VISITENKARTENVERTEILER

RECHTS
LINKS

MIR WIRD HÄUFIG VORGEHALTEN...
...ICH WÜRDE ZUVIEL NACHDENKEN...
STIMMT DAS EIGENTLICH...?
KRATZ
www.FONFLATTER.DE

WISSEN BEINHALTET IMMER AUCH EINE AUFFORDERUNG ZUR NAHRUNGSAUFNAHME...

Bastian Melnyk

FRED

Fürst Frederick fon Flatters fetzige Fergnüglichkeiten

edition zweihorn

Die Protagonisten

Fürst Frederick fon Flatter, kurz **Fred**, ist eine liebenswürdige, zuweilen recht naive, aber stets optimistische Fledermaus, die Regen und Krawatten liebt, gerne futtert und über eine Menge alberne Ideen verfügt. Als Batfred begeht sie winzige Heldentaten, auf dem Filosofierstein sitzend ersinnt sie die wildesten Theorien, und selbst im Schlaf gelingt es ihr, die Welt zu wundervollisieren.

Freds bester Freund ist **Käfer**, ein Siebenpunkt-Marienkäfer, der zwar nicht viel sagt, aber umso mehr weiß. Er ist es, der Fred auf den Boden der Tatsachen zurückholt, wenn dieser mal wieder Absurditäten hinterherflattert.

Weitere, sporadisch auftretende Charaktere sind **Spinne**, deren Aufgabe es unter anderem ist, Post zu bringen, **Schnecke**, die gerne der Gemächlichkeit frönt, und diverse **Würmer**, die aufpassen müssen, nicht vom stets hungrigen Fred gefuttert zu werden.

Und dann gibt es noch einen schweigsamen Maulwurf, einen niedlichen Fisch, und manchmal taucht sogar ein flauschiges Schaf auf. Es gibt Regentropfen und Funkelsterne, Tagebücher und leckere Kekse, Schalter und Listen, eine Wissenschaftlerbrille und riesengroße Stifte.
Und natürlich eine Menge Schlaf. Der ist wichtig.

Fast so sehr wie leckere Kekse.

HiHi!
www.FONFLATTER.DE
HiHi!

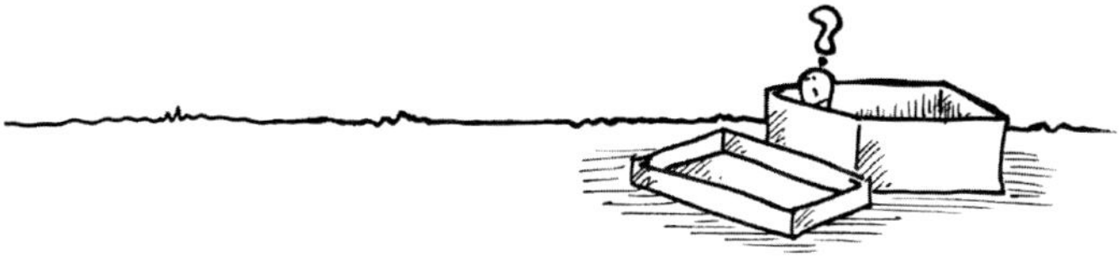

ICH MAG ES, DIE LEUTE
... WIE ZUM BEISPIEL DER ÜBLICHEN LESERICHTUNG...
... VON IHREN GEWOHNHEITEN...
... ABZUBRINGEN!
FONFLATTER.DE
NORMALERWEISE GILT JA: RECHTS...
... VOR LINKS.

FRED BASTELT AN SEINER NEUESTEN ERFINDUNG.
SÄG HÄMMER KLOPF
www.FONFLATTER.DE
TISCHARME!
SEUFZ
BA VI/'09

WOHOO!

ICH MAG R-FINDUNGEN!

HOP
JIPPIEH!
FLAP FLAP
www.FONFLATTER.DE
TOLLER SPRINGBRUNNEN!
DIES IST EIN WÜNSCHBRUNNEN...!
...ZUMINDEST WENN MAN SICH WASSER WÜNSCHT...!

DIE WICHTIGSTE SACHE IM LEBEN IST...
...NIEMALS ZU VERGESSEN...
KRATZ
WWW.FONFLATTER.DE
BMV
...WAS DIE WICHTIGSTE SACHE IM LEBEN IST...!
AM WICHTIGSTEN SIND OFT DIE KLEINEN DINGE.

ICH BIN AUF EIGENE FAUST HIER...
OHNE AUFTRAG.
ALSO IST ES JETZT OFFIZIELL:
ICH BIN UNGESCHICKT!
www.FONFLATTER.DE

To-Do
LISSTE NICHD LIEGENLASN!
KRATZ

KEKSE SIND FÜR MICH LEBENSMITTEL...
...PUNKT!
www.FONFLATTER.DE

EIN S-TISCH!

VIELE MÖGEN REGEN NICHT...
...DOCH ICH LIEBE IHN...!
REGEN IST PLÄTSCHERNDER SCHNEE.
WWW.FONFLATTER.DE

REGENWURM
SCHNEEWURM

MPFH MFMPFH MHPFF!
MPFH MFMPFH MHPFF!!!
ICH ÜBERSETZE DAS MAL:
"ESST KEINEN KLEBER!"
WWW.FONFLATTER.DE

KLEBER BESTEHT HAUPTSÄCHLICH AUS LEBER...
KLEBER

MEIN NEUER WECKER FETZT TOTAL!
ICH LIEBE ES, IHN ZU STELLEN...!
WWW.FONFLATTER.DE
...AM LIEBSTEN IRGENDWOHIN, WO ICH IHN NICHT HÖRE...!
TIK TAK
TIK TAK
AM WECKKERSTEN.
WECKER.
WEG.

KÄFER MEINT, ICH SEI EIN OPTIMIST...
LEIDER WEISS ICH NICHT GENAU, WAS DAS IST...
... ABER ICH BIN MIR SICHER:
...IRGENDETWAS GUTES!
WWW.FONFLATTER.DE
BM

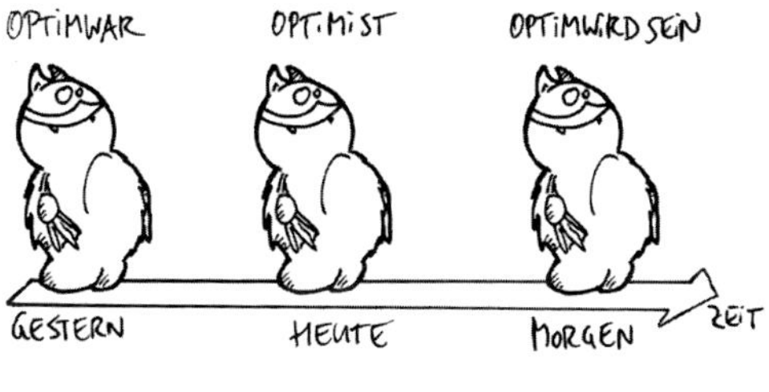
OPTIMWAR
OPTIMIST
OPTIMWIRD SEIN
GESTERN
HEUTE
MORGEN
ZEIT

SELTSAM, DASS SICH DER MITTWOCH...
... GAR NICHT IN DER MITTE DER WOCHE BEFINDET.
WWW.FONFLATTER.DE
BM
ICH NENNE IHN AB SOFORT: DREISIEBTELWOCH!

MEIN MITTELMASS IST PERFEKT!

MEINE NEUE DIÄTIDEE: IMMER, WENN ICH ETWAS ESSEN WILL, WERFE ICH EINE MÜNZE...
KOPF! DAS BEDEUTET, ICH DARF ETWAS ESSEN...!
UND WAS HÄTTE ZAHL BEDEUTET?
NOCHMAL WERFEN.
SEUFZ
WWW.FONFLATTER.DE

ICH HABE BESCHLOSSEN, SOLANGE NICHTS ZU ESSEN...
... BIS ICH WIEDER WAS ESSE...!

WAAH!
ICH BIN ZU DICK!
ICH BIN ZU DICK!
ICH BIN ZU DICK!
www.FONFLATTER.DE
WIEDER DREISSIG KILOKALORIEN VERBRAUCHT...!

RUND
GRUND

DER KOMPASS LÜGT.
VON WEGEN: VIER HIMMELSRICHTUNGEN...
SCHLIESSLICH GIBT ES NUR EINE EINZIGE HIMMELSRICHTUNG...
OBEN.
!
www.FONFLATTER.DE

NORDEN IST EINE AUSGEZEICHNETE HIMMELSRICHTUNG!

AAAA
AAH!
FRED?
WWW.FONFLATTER.DE
AAH
FRED!
BM
FRED, DAS IST EIN SCHREIBTISCH, KEIN SCHREITISCH!
ACH SO.

ZZZ
ABLAGE

KiHiHi!
JEDERMANN GLAUBT, DIESE UHR ZEIGE DIE EXAKTE UHRZEIT...
TiK TAK
DABEI HABE ICH SIE VERSTELLT!!
TiK TAK
SIE GEHT JETZT ZWEI TAGE VOR...!
TiK

ICH BIN EIN UHRZEIGER!
DA IST SIE!
TiK TAK

ANGEBLICH SIND STERNE JA RIESIGE GASKUGELN...
PUPS
A NEW STAR IS BORN...!
¡iEH!
BM VIII 1'07
WÄRE ICH EIN STERN, WÄRE ICH DICK UND RUND...
UND WÜRDE IMMER STRAHLEN!
HIHI!

DAS DARF DOCH NICHT WAHR SEIN!!
DAS IST DOCH WIRKLICH UN-ER-HÖRT! EINE BO-DEN-LO-SE FRECHHEIT!
IMMER AUF DIE KLEINEN, UND DANN
SEIN!
FRED HAT SEINEN TRAUMBERUF GEFUNDEN: ...
BRIEFBESCHWERER!
MISTKERLE!
www.FONFLATTER.DE
UND AM SCHLIMMSTEN SIND DIEJENIGEN...
...DIE SICH ÜBER IRGENDETWAS AUFREGEN!!

ICH WERDE LEHRER!
DANN WÜRDE ICH VOR UNZÄHLIGEN KINDERN STEHEN...
...UND IHNEN MEIN GESAMTES WISSEN WEITERVERMITTELN...
DAS DAUERT NICHT LANGE, UND DANACH HABE ICH FREI...!
WWW.FONFLATTER.DE
BM

UND WIEDER IST DIE WISSENSCHAFT...
...EINEN SCHRITT WEITER...!

ICH GLAUBE, DASS MOTTEN...
... SOLANGE AN KLAMOTTEN HERUMFRESSEN...
... BIS SIE DAS "KLA" HERAUSGEKNABBERT HABEN!
SO VERMEHREN SIE SICH...!
SEUFZ
MAMPF
SCHMECKT SCHAL!

DANKE.
MAMPF

FROHSINN

FRHIHISINN

DER LÖFFEL.
DAS MESSER.
DIE GABEL.
FRAUENTAG.
WWW.FONFLATTER.DE
ES GIBT VIER BESTIMMTE...
...UND DREI UNBESTIMMTE ARTIKEL...!
WARUM SIND DANN ZEHN ARTIKEL IN MEINEM WARENKORB?!

MAN TEILE EINEN KREIS IN – BEISPIELSWEISE – ACHT STÜCKE ...
... UND BEZEICHNE DIE EINZELNEN STRECKEN VOM MITTELPUNKT ZUM RAND ALS "Z" ...
Z
DANN ERGIBT SICH DIE FLÄCHE A DIESES KREISES ZU $A = \pi \cdot Z^2$ ....
$A = \pi \cdot Z^2$
WWW.FONFLATTER.DE
... BEZIEHUNGSWEISE Pi·Z·Z=A ...!
Pi·Z·Z=A
ÜBERRASCHUNGS-PIZZA!
MIT ZAHNBELAG!

EY!
?
SEUFZ
STAU...!
www.FONFLATTER.DE

HEY! NICHT SO SCHNELL!

KURZ
KURZ
LANG
KURZ
FÜNFLATTER.DE

E-E-E-E

WU-HUU!
WAS IST DENN HIER LOS?
TAM-TAM
ICH HABE HEUTE VERSTANDEN, DASS WIR NICHT AUF EINER INSEL LEBEN ...
... SONDERN AUF DEM FEST LAND ...!!
SEUFZ
WWW.FONFLATTER.DE

FESTLAND.
WEICHLAND.

KLONK!
WWW.FONFLATTER.DE
WU-HUU!

"DAS X MARKIERT DEN SCHATZ"

ZU FRÜH EINGESCHLAFEN!
WWW.FONFLATTER.DE

Z z z
TICK TACK

UND DANN STELLE ICH MIR VOR, DIE EINHÖRNCHEN KICHERN UND BLUBBERN SO LAUT, DASS DIE STERNE WACKELN...!
UND ICH STELLE MIR VOR, DASS STERNENSTAUB VOM HIMMEL RIESELT UND NACH LECKERSTEN SCHOKOKEKSEN SCHMECKT...!
ÄH... DANKE. WIR MELDEN UNS BEI IHNEN.
ICH LIEBE VORSTELLUNGSGESPRÄCHE!
FONFLATTER.DE

BEWERBUNG
BELIEBUNG
BEWASBUNG
KRATZ
?

WOW! AUS DIESEN BÜCHERN KANN MAN WIRKLICH VIEL LERNEN...!
HIER KANN MAN SOGAR SEINEN INTELLIGENZQUOTIENTEN BESTIMMEN...
ICH WETTE, MEINER IST BLAU...
HIHI!
!
WWW.FONFLATTER.DE

WER BÜCHER LIEST, IST SCHLAU!
DU HÄLTST ES FALSCHRUM!

ICH **LIEBE** ES, DEN TAG LANGSAM **AUSKLINGEN** ZU LASSEN...
ABER DER TAG HAT GERADE **ANGEFANGEN**!
?
DAS MEINE ICH MIT "**LANGSAM**"...!
WWW.FONFLATTER.DE

UND JETZT WERDE ICH ZAUDERN!
ZAUDERN? DU MEINST WOHL ZAUBERN?
ÄH...
NEIN.
WWW.FONFLATTER.DE

SEUFZ
HiHi!
WWW.FONFLATTER.DE
BB VIII/.08

S-CAPE

ICH GLAUBE, WIR WÄREN WESENTLICH GLÜCKLICHER...
... WENN WIR ANSTELLE VON SAUERSTOFF...
SÜSSSTOFF ATMEN WÜRDEN...!
WWW.FONFLATTER.DE
WIR VERBRAUCHEN SAUERSTOFF...
...ALSO STOFF...!
WIR SIND MOTTEN!!

WENN MAN ES GENAU BETRACHTET ...
... IST EIN ELEFANT NICHTS WEITER ALS ...
... EINE ENGLISCHE AMEISE AM HINTERN EINER VERWIRRTEN ELFE ...!
WWW.FONFLATTER.DE

ICH WERDE JETZT EINE REDE HALTEN.
FONFLATTER.DE
REDEN BESTEHEN AUS WICHTIGEN PUNKTEN...
...UND 'RED' HEIẞT 'ROT'.
REDEN SIND MARIENKÄFER!

MOOOMENT ...!
BREMS
WENN ICH SO DURCH DIE NACHT EILE ...
... BIN ICH DANN EIN NACHTEIL?
WWW.FONFLATTER.DE

SCHWERT.
LEICHTT.

KREISCHZAHL

OCH MENNO...
KÄFER KOMMT ZU SPÄT...
DABEI WOLLTE ER MIR DOCH HELFEN...
...MEINE UHR ZU STELLEN!
WWW.FONFLATTER.DE
DIE UHR HAT SICH EIN BISSCHEN VERSTELLT...
ICH HÄTTE SIE BEINAHE NICHT ERKANNT!

K-K-KALT...!
ABER DA REIBUNG WÄRME ERZEUGT...
... HILFT ES BESTIMMT, UNZÄHLIGE REIBEKUCHEN ZU ESSEN...!
HIHI!
WWW.FONFLATTER.DE
BM I/08
BEI SCHWARZ-WEISS-COMICS MERKT MAN LEIDER NIE...
... OB DER SCHNEE GELB IST...!

NUN WEISS ICH,
WAS ES IST:
... MERKTE ICH, DASS
IRGENDWAS ANDERS WAR...
KRATZ
?
ALLES IST DURCHEINANDER!
ALS ICH HEUTE AUFWACHTE...
BM I/'09
WWW.FONFLATTER.DE

?!

MENSCHEN SIND SEHR SONDERBAR...
SIE NEHMEN EINE KLOPAPIERROLLE...
?
...UND ENTSORGEN JEDES BLÄTTCHEN EINZELN...
... ANSTATT DIE GANZE ROLLE WEGZUWERFEN...!
SEUFZ
WWW.FONFLATTER.DE

ICH UMARME GERADE ZUKÜNFTIGES KLOPAPIER...!

HEK... SONN... HiHi!
POLi... MUTTER... ATLAN...
AN...
BUNDES...
ERO...
FREi...
ÄSTHE...
TiK
TAK
TiK
TAK
TiK
HiHi!
WWW.FONFLATTER.DE

DIE UHR IST STEHENGEBLIEBEN.
JETZT LÄUFT SIE WIEDER...!

GLÜCK BESTEHT JA EIGENTLICH NUR AUS KURZEN MOMENTEN...
DEMENTSPRECHEND WÄRE ES SINNVOLL, UM DAUERHAFTES GLÜCK ZU VERSPÜREN, ...
... DIESE GLÜCKLICHEN SEKUNDEN ANEINANDERZUREIHEN.
UND DAFÜR GIBT ES SEKUNDENKLEBER...!
SEUFZ
WWW.FONFLATTER.DE
GLÜCK!
GLÜCKSPRINGER.

LIEBER SCHÖPFER, KÖNNTEST DU BITTE DAFÜR SORGEN...
... DASS MAN IMMER MEINEN GESAMTEN KÖRPER SIEHT?
WWW.FONFLATTER.DE
DAS IST SONST NÄMLICH SO, ALS WÜRDEST DU BEI EINER GESCHICHTE DAS LETZTE VIERTEL...
Bn II/'09

SATZENDEN WERDEN MEINER ANSICHT NACH SOWIESO TOTAL...

WEGGABELUNG.

?
WEGLÖFFELUNG.

LÖFFEL SIND KEIN BESTECK...
... SONDERN BESTRUND...!

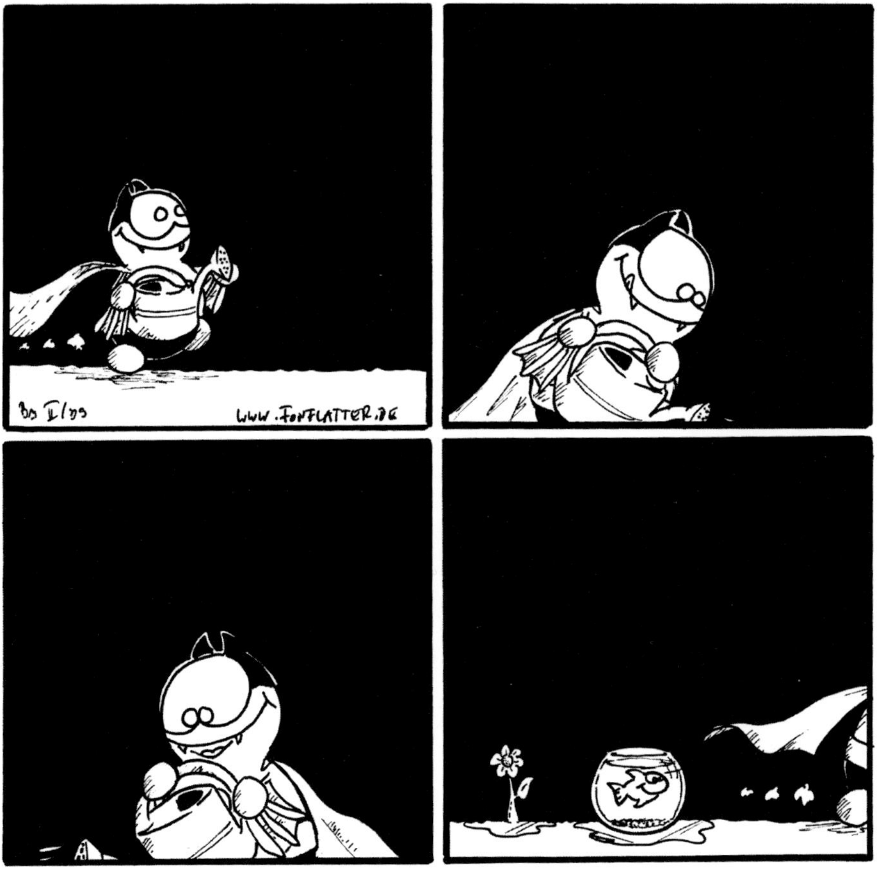
WWW.FONFLATTER.DE

SEUFZ
www.FONFLATTER.DE
ICH MAG ES NICHT AUFZUWACHEN...
"WACH" BESTEHT SCHLIESSLICH NUR AUS...
"ACH" UND WEH ...

Z

AUF FLÄCHEN FUNKTIONIERT DER STIFT TADELLOS...
... AUF FELL HINGEGEN ÜBERHAUPT NICHT...!
DAS KANN NUR EINS BEDEUTEN: ...
ICH BIN UNBESCHREIBLICH!
WWW.FONFLATTER.DE
BM III/.09

MEISTENS HABE ICH JA GUTE LAUNE...
...HEUTE ABER EXTREM SCHLECHTE!
WAS FÜR EINE WUNDERVOLLE ABWECHSLUNG!!
WWW.FONFLATTER.DE

BITTE DRÜCKEN
BITTE DRÜCKEN
WWW.FONFLATTER.DE

BITTE KNOPF DRÜCKEN

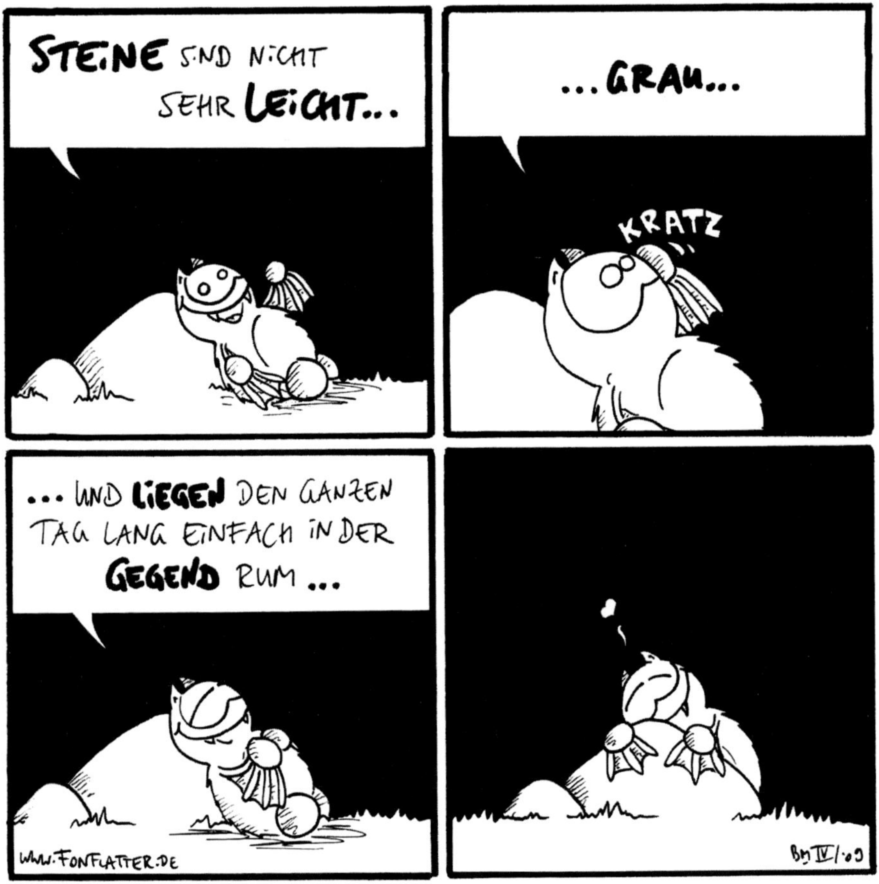
STEINE SIND NICHT SEHR LEICHT...
...GRAU...
KRATZ
...UND LIEGEN DEN GANZEN TAG LANG EINFACH IN DER GEGEND RUM...
WWW.FONFLATTER.DE
BM IV/'09

ICH BIN HIER IN EINEM
GEHEIMAUFTRAG...
DA FEHLT EIN H...
WWW.FONFLATTER.DE
OH...
GEHHEIM AUFTRAG
TSCHÜSS!
HIHI!

SUPPENMAN

IRGENDWANN HÖRTE ICH AUF, PERTE ZU SEIN...
FONFLATTER.DE
... UND WURDE EXPERTE!
MEINE FRÜHEREN LEBEN:
· WARENZ
· ISTENZ
· EXISTENZ.

SCHACHTELEULEN!
HiHi!
SCHACHTELEULEN!!
SCHLECHTE LAUNE KANN GAR NICHT SO SCHLIMM SEIN...
...WENN MAN SCHACHTELEULEN DARAUS BASTELN KANN...!
WWW.FONFLATTER.DE

NUGAT-EULE

BM /10 — www.FONFLATTER.DE

WEIL GOLD SO SELTEN IST, IST ES SO WERTVOLL..
ES EXISTIEREN UNGEFÄHR 150.000 TONNEN GOLD AUF ERDEN...
VON MIR HINGEGEN GIBT ES WESENTLICH WENIGER...
DAHER BIN ICH MILLIONENFACH SO WERTVOLL WIE ALLES GOLD DER WELT!!

ZOPF
ODER
KAHL

WENN EIN VIERBLÄTTRIGES KLEEBLATT GLÜCK BRINGT...
GLÜCK
DANN BRINGT EIN NORMALES, DREIBLÄTTRIGES KLEEBLATT EIN VIERTEL WENIGER GLÜCK...
1/4·5=1,25
ALSO ENTFERNEN WIR 1,25 BUCHSTABEN VON GLÜCK...
GLÜCK
... UND ÜBRIG BLEIBT GLÜCK...!
LUCK

WOHUU!

MANCHE MÖGEN ES, WENN ES REGNET...
MANCHE MÖGEN ES, WENN ES NICHT REGNET ...
DESWEGEN IST REGEN PERFEKT! DENN ZWISCHEN ALL DEN REGENTROPFEN...
... GIBT ES EINE MENGE NICHTREGEN...!
www.FONFLATTER.DE

ICH BIN NICHT BÖSE ...
ICH BIN EINER VON DEN GUTEN!
UND ICH WERDE ALLES DAFÜR TUN ...
... DAFF DAF GUTE DAF BÖFE AUF DIEFEM PLANETEN ÜBERWIEGT ...!
www.FONFLATTER.DE

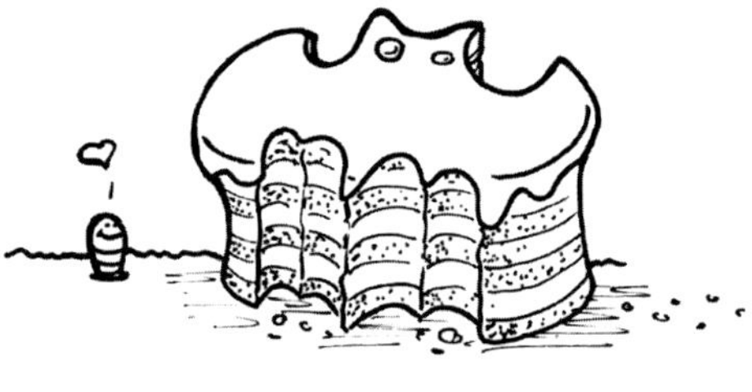

WAS ICH AN KÄSE BESONDERS MAG...
... SIND DIE LÖCHER...!
BM VI/'05
WWW.FONFLATTER.DE
DEFWEGEN EFFE IF ZUERFT IMMER DEN GANZFEN REFT...
... UND HEBE MIR DIE LÖCHER FÜR SPÄTER AUF...!

AUCH WENN NICHT VIEL PASSIERT ...
... MAG ICH ES, BEIM STABHOCHSPRUNG ZUZUSEHEN ...!
SPRING, KLEINER STAB, SPRING ...!
WWW.FONFLATTER.DE

ESSEN SCHMECKT MIT STÄBCHEN BESSER!
KNUFPRIGER.

BESTIMMTER ARTIKEL:
MELODIE.
UNBESTIMMTER ARTIKEL:
MELO'NE.
FONFLATTER.DE

BESTIMMTER ARTIKEL:
DER KEKS.
BESTIMMTNICHTER ARTIKEL:
DIE KEKS

DU UND ICH HABEN VIEL GEMEINSAM.
WIR SIND BEIDE RUNDLICH...
... KÖNNEN BEIDE FLIEGEN...
... UND HABEN BEIDE GAS IN UNS...
PUPS
NAJA, JETZT NICHT MEHR!

MÄUSE MÖGEN SPECK.
FLEDERMÄUSE ERST RECHT.
INSBESONDERE EIGENEN!
HIHI!
WWW.FONFLATTER.DE

EINE WAAGE BEKANNTSCHAFT.

ICH KANN MICH NICHT GENAU ERINNERN...
?
WWW.FONFLATTER.DE
... HATTE ICH NUN EIN GUTES GEDÄCHTNIS ODER NICHT...?!?
BM
VII/'09

MERKZETTEL
ICH MERK' NICHTS!

WENN MAN DIE ERDACHSE ALS SPIESS BETRACHTET …
… UND DIE SONNE ALS LAGERFEUER …
… DANN LEBEN WIR AUF EINEM GIGANTISCHEN MARSHMALLOW!
!
www.FONFLATTER.DE
BM VII / 09
EY!
ZIRP
GRILLEN VERBOTEN!

www.FONFLATTER.DE

TAGEBUCH

NÄCHTEBUCH

DU HAST WUNDERSCHÖNE PUNKTE!
DA HABE ICH MICH WOHL VERLOBT...!
SEUFZ
FONFLATTER.DE

JE DICKER ICH BIN...
...DESTO BESSER FINDET MAN MICH!

KONSERVIERT

KONSERSECHST

ICH MAG WOLKEN!
SIE SEHEN EIN BISSCHEN AUS WIE SCHAFE.
ALLERDINGS RIECHEN SIE BESSER...!
EY!
WWW.FONFLATTER.DE

ICH BIN EIN WEINTRÄUBER!
www.FONFLATTER.DE
BM VIII/'09

WEIN.
LACH.

ICH KANN DIE ZEIT ANHALTEN!
DAZU NEHME ICH EINFACH ZWEI UHREN...
www.FONFLATTER.DE
...EINE NORMALE UND EINE SANDUHR...
TIK TAK
...UND KOMBINIERE SIE!
SCHLECHTE IDEE, DIE ZEIT ANZUHALTEN.
SCHLECHTE IDEE, DIE ZEIT ANZUHALTEN.
SCHLECHTE IDEE, DIE ZEIT ANZUHALTEN.

WENN ICH IN CHINA EINEN SACK REIS AUSSCHÜTTE …
WWW.FONFLATTER.DE
… HABE ICH DANN CHINA BEREIST…?
UND DIE REISWERFEREI BEIM HEIRATEN…
… DIENT DER HOCHZEITSREISE!

ICH BIN FÜR GLEICHBERECHTIGUNG.
DAHER ERFINDE ICH HIERMIT OFFIZIELL ...
WWW.FONFLATTER.DE
... DAS MAMIER!
EIGENTLICH HEIßT ES 'MAMISIE'!

Oooooooh!
Du siehst heute ja besonders hübsch aus ...!
Aber ich sehe doch aus wie immer ...
Eben!
Du bist das schönste Wesen, das ich heute gesehen habe!
Hast du meinen Spiegel gesehen ...?
SEUFZ

www.FONFLATTER.DE

ELEGANZ.
ELEHALB.
www.FONFLATTER.DE
VIII/09

ICH BIN SEHR ANHÄNGLICH!

WOMIT BEWIESEN WÄRE:...
ICH BIN EIN VORBILD!
ABER KEIN GROSSES...
WWW.FONFLATTER.DE

ICH WERDE EIN SELBSTPORTRAIT MALEN...
...ALLERDINGS VON KÄFER!

BÄH!!
ABER ICH DACHTE, DU MAGST DEN MOND...?
WWW.FONFLATTER.DE
ABER DOCH NICHT, WENN ER ABNIMMT..!
SEUFZ

ICH WERDE KEINS MEINER WAHLVERSPRECHEN HALTEN!
DAS VERSPRECHE ICH.
DIE FRED PARTEI
HIHI!
!
WWW.FOWFLATTER.DE

EINE SCHILDKRÖTE!!
QUAK

GRAMMATIK IST ZIEMLICH SCHWER...
DOCH ICH BIN FROH...
...DASS ES KEINE TONNATIK IST!
FONFLATTER.DE
ICH SEHE ES NICHT SO ENG...
...UND LERNE WEITLISCH!

Ui! DAS IST ABER EIN DICKES BUCH!
Bm II/.10
www.FONFLATTER.DE
WIE HEISST ES DENN?
DICKES BUCH UM LEUTE ZU BEEINDRUCKEN

LAUTER BUCHSTABEN...
ABER WAS SIND STABEN...?

ICH WERDE MICH NUR NOCH VON MARMELADENTOAST ERNÄHREN...!
?
ABER IST DAS NICHT EIN BISSCHEN EINSEITIG?
NEIN, KEINE SORGE. ICH WERDE SCHLIESSLICH...
??
...BEIDE SEITEN BESTREICHEN...!
SEUFZ
WWW.FONFLATTER.DE
BM X/09
DAS BROT SCHMECKT HÖLZERN...!
IST JA AUCH TOAST!

ICH HABE GELERNT, DASS...
WWW.FONFLATTER.DE
...PILZE MIT PUNKTEN GIFTIG SEIN KÖNNEN...
DESWEGEN BIN ICH STETS SEHR VORSICHTIG...
...UND ENTFERNE DIE PUNKTE VOR DEM ESSEN...!

BÄUME SIND WIE MEERSCHWEINCHEN...
... BLOß VÖLLIG ANDERS..!

WASSER MACHT NICHT DICK...!
DESWEGEN WERDE ICH NUR NOCH WASSERPRODUKTE ZU MIR NEHMEN...!
?
WWW.FONFLATTER.DE
WUSSTEST DU, DASS SCHOKOLADE AUS MINDESTENS 1% WASSER BESTEHT...?
SEUFZ

DER MOND IST AUFGEGANGEN...
ER BESTEHT BESTIMMT AUS HEFETEIG...!

ZIEH, SCHURKE!!
WWW.FONFLATTER.DE
T-SHIRT
TEE-SHIRT

LIEBER SCHÖPFER,...
BITTE BENUTZE MEHR VON DIESEN BREITEN KÄSTCHEN...
DANN WIRKE ICH NÄMLICH SCHLANKER...!
HIHI!
www.FONFLATTER.DE
DANKE!

ICH GEHE JETZT PILZE SAMMELN!
ICH LASSE IHNEN GERNE EINEN VORSPRUNG!
BA XI/·09
WWW.FONFLATTER.DE

ICH NENNE DICH KÄFER!

WEISST DU, WARUM ES IM WELTALL SO KALT IST...?
ÄH...
www.FONFLATTER.DE
DAMIT DIE MILCHSTRASSE NICHT SCHLECHT WIRD...!
SEUFZ
DAS WELTALL IST GROß...
DAS WELSMALL IST KLEIN...

LEUTE, DIE SICH FÜR ETWAS BEGEISTERN KÖNNEN...
?
WWW.FONFLATTER.DE
BM XI/'09
... FINDE ICH SUPER!!!...

BEGEISTERUNG.
BEGEISTERUNG.
BUH!

IN MEINEM NÄCHSTEN ZAUBERTRICK...
...WERDE ICH IN DIE ZUKUNFT SEHEN!
WWW.FONFLATTER.DE
SIEHT GUT AUS!
HIHI!
WÄRE ICH DIE HAUPTSTADT DER SCHWEIZ, KÖNNTE ICH EIN BISSCHEN ZAUBERN!

...im KREIS!
ICH LAUFE HEUTE...
www.FONFLATTER.DE
KREISLAUF
EY!
KREISLAUF-
BESCHWERDEN

Diese tolle KARTE zeigt den WEG zum FEHLENDEN Teil der Karte ...
... den wir brauchen, um den fehlenden Teil der Karte zu FINDEN ...
www.fonflatter.de
Hier geht's lang.
ZIEL
Hier geht's kurz.
ZIEL

MANCHMAL IST KÄFER SEHR AUFFELLIG ...!
ZZZ
WWW.FONFLATTER.DE
XII/'09
DIE DEUTSCHE GRAMMATIK FRIERT NICHT!
SIE HAT SCHLIEẞLICH VIER FELLE!

ES GAB BESCHWERDEN, DASS DIE POINTEN DIESES COMICS ...
... MANCHMAL SEHR FLACH SEIEN ...
BESSER...?
www.FONFLATTER.DE

VON HIER KANN ICH BEREITS DIE BERGE ERKENNEN...!
Ui!

SCHNECKE FETZT!
SCHLIESSLICH KANN MAN IHR DAS GANZE JAHR ÜBER ...
... EINEN GUTEN RUTSCH WÜNSCHEN ...
HIHI!
WWW.FONFLATTER.DE

DAS HIER IST EIN EXKLUSIVCOMIC FÜR DAS FREDBUCH...
DAHER ENTHÄLT ER EINE EXTRAPORTION SCHÖNHEIT, ELOQUENZ UND HUMOR!
FONFLATTER.DE

LECKTÜRE
FRED-BUCH

Lisste der Dinge, dih ich nichd so guth kanh:
-Dinnge, dieh ich nichd so gut kannh, auflisstn
BM I/10
www.FONFLATTER.DE

Dinge, dih ich GUTH kanh:
-Lissten hochhallten

ICH WERDE DIESE TAFEL SCHOKOLADE NUN GERECHT ZERBRECHEN...
SCHOKI
KNACK!
SCHOKI
ABER DEIN STÜCK IST WESENTLICH GRÖSSER ALS MEINS...
DANN BIST DU WOHL OPFER EINES VERBRECHENS GEWORDEN...
HIHI!
WWW.FONFLATTER.DE

SCHOKOLADE LÖSCHT DEN DURST...
...IN DER MITTE STECKT SCHLIEßLICH KOLA!
SCHOKI

1
MALEN NACH ZAHLEN:
1 =
FONFLATTER.DE

N8

MEINE LIEBLINGSANTWORT IST ÜBRIGENS ...
ELEFANT!
AUF WELCHE FRAGE DENN?
ELEFANT!
www.FONFLATTER.DE

DAS IST EINE LISTE DER 100 HÜBSCHESTEN PERSONEN DER WELT...
... UND ICH STEHE DRAUF!
SEUFZ
FONFLATTER.DE

ICH BIN VOLLER WEICHHEIT!

GEGEN D!
FONFLATTER.DE
FÜR ST!
PROBLEM
CONTRABLEM

ICH TESTE GERADE...
...WIE LANGE KÄFER EIGENTLICH HALTBAR IST...
HIHI!

H

IN MEINEM NÄCHSTEN ZAUBERTRICK...
...WERDE ICH UNSICHERHEIT HERBEIZAUBERN...!
ABRAKADABRA KNUSELWUSEL
ÄH... HAT DAS JETZT GEKLAPPT ODER NICHT...?
www.FONFLATTER.DE
WUHUU!

DIESES AMULETT BEWAHRT MICH VOR ABERGLAUBE...!
SEUFZ
WWW.FONFLATTER.DE
ABERGLAUBE IST DOCH...
...DER GLAUBE AN KONJUNKTIONEN...!

BUCHEN UND EICHEN ...
... SIND VERBEN!
www.FONFLATTER.DE

DAS BESTE BUCH DER WELT...
BUCH
... HAT EINEN WEICHEN EINBAND!

ICH BIN HEUTE SEHR SENSIBEL...
WWW.FONFLATTER.DE
DER TOD...
...IST NUR EIN UMGEKEHRTER ENGLISCHER PUNKT...!

IN NÄCHSTER ZEIT IST MIT SCHÖNEM WETTER ZU RECHNEN ...
... UND HIER BIN ICH AUCH SCHON ...!
LUST AUF EINE KLEINE WETTE...?
WWW.FONFLATTER.DE

TASCHENBUCH.
HIHI!
FONFLATTER.DE
T-ASCHE

NAHRUNGSKETTE.
WWW.FONFLATTER.DE
NAHRUNG.
FERNRUNG.

ICH WAR HEUTE SCHON FLEISSIG...
... UND KANN DAHER BEREITS EIN PAAR PUNKTE MEINER TO-DO-LISTE ABHAKEN...
WWW.FONFLATTER.DE

WENN ICH KEINE AHNUNG HABE, FRAGE ICH EINFACH JEMANDEN, DER TOTAL SCHLAU IST ...
STIMMT'S?
JA!
SAG ICH DOCH.
www.FONFLATTER.DE
WIEDER WAS GELERNT:
FLEDERMÄUSE KÖNNEN NICHT LESEN!

HOROSKOP:
MÖGLICHERWEISE PASSIERT HEUTE IRGENDWAS. ODER MORGEN. AUF JEDEN FALL WIRD ES ABER TOLL. NAJA, ZUMINDEST NICHT SCHLECHT. OBWOHL MAN SICH DA AUCH NICHT SO SICHER SEIN KANN.
?
STERNZEICHEN:
VAGE.
HIHI!
www.FONFLATTER.DE

HOROSKOP:
SIE WERDEN HEUTE EIN HOROSKOP GELESEN HABEN.

EINE ENTE ...
... UND EIN FROSCH ...
... UNTERSCHEIDEN SICH EIGENTLICH NUR IN DER LÄNGE DES VOKALS ...
QUAK!
N + T =

HAB HEUTE ZU NICHTS LUST...
...UND ICH GLAUBE...
ICH BIN NICHT DER EINZIGE!
www.FONFLATTER.DE

EXAKT HIER HABE ICH SIE GEFUNDEN.
FONFLATTER.DE
ICH HABE EINE WEILE HIER GESTANDEN UND GESUCHT...
... UND DANN HABE ICH SIE GEFUNDEN...!
WAS DENN?
RÜCKENSCHMERZEN.
SEUFZ

HANDLUNG
FUßLUNG

ICH BIN PFEILSCHNELL!
FONFLATTER.DE
CHINESEN.
CHERESEN.

AN DEM WEIHNACHTSBAUM FEHLEN NUR NOCH EIN PAAR KUGELN...!
FONFLATTER.DE

WIR SOLLTEN DEN WEIHNACHTSBAUM VERSCHÖNERN...!

HALLO MAULWURF! HALLO KÄFER!
HALLO SPINNE! HALLO WURM!
BM IV/'09
ICH FÜHLE MICH HEUTE SO...
...AUSGELASSEN!
WWW.FONFLATTER.DE

LASST EUCH VON EURER MUTTI...
...MUTTIVIEREN!

PERFEKTION IST EIN IDEAL UND SOMIT UNERREICHBAR...
DEN ZUSTAND, DER NOCH REALISIERBAR IST, ABER DER PERFEKTION MÖGLICHST NAHE KOMMT...
... NENNT DER WISSENSCHAFTLER...:
"FRED"...!
DER "WISSEN-SCHAFTLER"...
BM I/10
www.FONFLATTER.DE

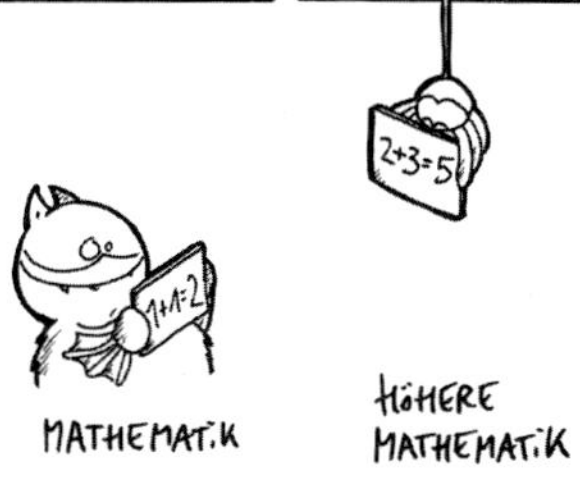
2+3=5
1+1=2
MATHEMATIK
HÖHERE MATHEMATIK

EiN
AUS
Peine
EiN
AUS
FONFLATTER.DE

FLEDERM
AUS
EiN
FLEDERM
AUS
EiN

VON LINKS NACH RECHTS, VON OBEN NACH UNTEN.
ES IST KEIN WUNDER, DASS MICH LESEN...
IMMER SO ERMÜDET...!
Z
FONFLATTER.DE

Der Schöpfer

Bastian Melnyk, 1981 geboren, haust in Stuttgart, zeichnet, schreibt und wuselt durch die Gegend. Seit mehr als sechs Jahren und über 2500 Comics widmet er seine Krakelei vorwiegend seinem Webcomic auf **www.fonflatter.de**. Dort lässt er die fetzige Fledermaus Fürst Frederick fon Flatter täglich neue Knuffigkeiten, Wortspiele und Albernheiten erleben.

Und nicht nur das. Auf **morast.eu** bietet er Texte, Geschichtchen und Lyrikitäten dar, auf twitter findet er als **@morast** Dinge gut und sogar kindle-Ebooks sollen seinem Wirken entsprungen sein.

edition zweihorn

edition zweihorn GmbH & Co. KG
Riedelsbach 46
D-94089 Neureichenau
Tel: +49 (0) 8583 2454, Fax: +49 (0) 8583 91435
E-Mail: edition-zweihorn@web.de
Internet: www.edition-zweihorn.de

Umschlaggestaltung: Bastian Melnyk
ISBN: 978-3-943199-04-8